St ‖‖‖‖‖‖‖‖‖‖‖‖‖‖‖‖‖‖‖‖ *y*
◁ **W9-CUD-619**

La tortuga tonta

ISBN 0-7696-4080-X

50395

EAN

9 780769 640808

Derecho de propiedad literaria © Evans Brothers Ltda. 2004. Derecho de
ilustración © Mike Gordon 2004. Primera publicación de Evans Brothers Limited,
2ª Portman Mansions, Chiltern Street. London W1U 6NR, Reino Unido. Se
publica esta edición bajo licencia de Zero to Ten Limited. Reservados todos los
derechos. Impreso en China. Gingham Dog Press publica esta edición en
2005 bajo el sello editorial de School Specialty Children's Publishing, miembro de
la School Specialty Family.

Biblioteca del Congreso. Catalogación de la información sobre la publicación en
poder del editor.

Para cualquier información dirigirse a:
8720 Orion Place
Columbus, OH 43240-2111

ISBN 0-7696-4080-X

1 2 3 4 5 6 7 8 9 10 EVN 10 09 08 07 06 05 04

NIVEL 2 Lector emergente

La tortuga tonta

de Anna Wilson

ilustraciones de Mike Gordon

GINGHAM DOG PRESS

Columbus, Ohio

—Ojalá pudiera
volar —dijo Tomás.
Lola rió.

—¿Por qué te ríes? —dijo Tomás—.
Quiero volar.
Me parece que puedo hacerlo.

Lola rió y rió.

—Eres una tortuga —dijo—.

Las tortugas no vuelan.

—Me enseñaré yo mismo a volar —
dijo Tomás—.
Ya verás.

Tomás buscó a Dora, su amiga.
Ella volaba.

—Quiero volar. ¿Me ayudarás? —
le preguntó él.

Dora rió y rió.

—Eres una tortuga —

dijo ella—.

Las tortugas no vuelan.

—Pero, me parece que puedo hacerlo —
dijo Tomás.

—Está bien —dijo Dora—.
Te ayudaré. Sostén esta ramita y volarás.

—¿Cómo volaré? —preguntó Tomás.
Tú sostienes un extremo de la ramita —
dijo ella—.

Yo sostendré el otro.
Juntos volaremos.

Dora agarró la ramita.

Tomás agarró la ramita.

Dora salió volando.

Tomás salió volando.

Lola rió y rió.

—Miren a Tomás —dijo ella—.

Se ve ridículo en el aire.

25

Tomás estaba enojado.

Soltó la ramita.

¡Yo no me veo ridículo! —gritó—.

¡Estoy volando!

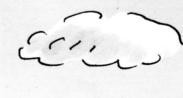

Tomás empezó
a caer.
Cayó por el aire.

¡PLAF!

Tomás cayó en la laguna.

—¡Ahora sí que te ves ridículo! —
dijo Lola.

—Puede ser —dijo Tomás—, pero ¡por
lo menos pude volar!

Palabras que conozco

volar   ves

buscó   dijo

ayudaré   quiero

sostén

¡Piénsalo!

1. ¿Qué quería aprender Tomás por sí mismo?
2. ¿Por qué las amigas de Tomás se rieron de él?
3. ¿Cómo ayudó Dora a Tomás a volar?
4. ¿Por qué Tomás cayó en la laguna?
5. Al final del cuento, Tomás aprendió una lección importante. ¿Qué crees que aprendió Tomás?

El cuento y tú

1. ¿Cómo crees que se sintió Tomás cuando sus amigas se rieron de él?
2. ¿Cómo te sientes cuando se ríen de ti?
3. ¿Quisiste alguna vez hacer algo que los demás creían que era imposible?